LA VIE DE MARIANNE,

OU

LES AVANTURES DE MADAME LA COMTESSE D***.

Par Monsieur DE MARIVAUX.

ONZIÈME PARTIE.

A LA HAYE,
Chez JEAN NEAULME,
M. DCC. XLII.

LA VIE DE MARIANNE, OU LES AVANTURES DE MADAME LA COMTESSE DE ***.

ONZIÈME PARTIE.

IL me ſemble vous entendre d'ici, Madame : Quoi ! vous écriez-vous, encore une Partie ! quoi ! trois tout de ſuite ! Eh ! par quelle raiſon vous plaît-il d'écrire ſi diligemment l'Hiſtoire d'autrui, pendant que vous avez été ſi lente à continuer la vôtre ? Ne ſeroit-ce pas que la Religieuse auroit elle même écrit la sienne ; qu'elle vous auroit laissé son Manuscrit, & que vous le copiez ?

Non, Madame, non, je ne copie rien; je me ressouviens de ce que ma Religieuse m'a dit, de même que je me ressouviens de ce qui m'est arrivé. Ainsi le recit de sa vie ne me coûte pas moins que le recit de la mienne, & ma diligence vient de ce que je me corrige; voilà tout le mystére. Vous ne m'en croirez pas; mais vous le verrez, Madame, vous le verrez. Poursuivons.

Nous nous retrouvâmes sur le soir dans ma chambre, ma Religieuse & moi.

Voulez-vous, me dit-elle, que j'abrége le reste de mon Histoire? Non que je n'aie le tems de la finir cette fois-ci, mais j'ai quelque confusion de vous parler si long-tems de moi, & je ne demande pas mieux que de passer rapidement sur bien des choses, pour en venir à ce qu'il est essentiel que vous sachiez.

Non, Madame, lui répondis-je, ne passez rien, je vous en conjure. Depuis que je vous écoute, je ne suis plus, ce me semble, si étonnée des évènemens de de ma vie; je n'ai plus une opinion ſi triſte de mon ſort. S'il eſt fâcheux d'avoir comme moi perdu ſa mere, il ne l'eſt guéres moins d'avoir comme vous été abandonnée de la ſienne. Nous avons toutes deux été différemment à plaindre; vous avez eu vos reſſources, & moi les miennes. A la vérité, je crois jusqu'ici que mes malheurs ſurpaſſent les vôtres; mais, quand vous aurez tout dit, je changerai peut-être de ſentiment.

Je n'en doute pas, me dit-elle. Achevons.

Je vous ai dit que mon voyage étoit réſolu, & je partis quelques jours après, avec la Dame dont je vous ai parlé.

J'avois été payée d'une moitié de ma penſion; & cette ſomme que Madame Dorfrainville avoit bien voulu recevoir pour moi ſur ma quittance, avoit été donnée de fort bonne grace: Madame Durſan avoit même offert de l'augmenter.

Nous ne ferons pas long-tems ſans vous ſuivre, me dit-elle la veille de mon départ; mais, ſi par quelque accident imprévû vous avez beſoin de plus d'argent avant que nous ſoyons à Paris, écrivez-moi, Mademoiſelle, & je vous en enverrai ſur le champ.

Ce diſcours fut ſuivi de beaucoup de proteſtations d'amitié qui n'avoient qu'un défaut; c'eſt qu'elles étoient trop polies: je les aurois cru plus vraies, ſi elles avoient été plus ſimples; le bon cœur ne fait point de complimens.

Quoi qu'il en ſoit, je partis, toujours incertaine du fond de ſes ſentimens, & par-là toujours inquiéte du parti qu'elle prendroit; mais en revanche bien convaincue de la tendreſſe du fils.

Je ne vous en dirai que cela, je n'ai que trop ſouffert du reſſouvenir de ce qu'il me dit alors, auſſi-bien que dans d'autres tems: il a fallu les oublier, ces expreſſions, ces regards, cette phyſionomie ſi touchante qu'il avoit avec moi, & que je vois encore, il a fallu n'y plus ſonger; & malgré l'état que j'ai embraſſé, je n'ai pas eu trop de quinze ans pour en perdre la mémoire.

C'étoit dans un caroſſe de voiture que nous voyagions, ma compagne & moi, & nous n'étions plus qu'à vingt lieuës de Paris, quand dans un endroit où l'on s'arrêta quelque tems le matin pour rafraîchir les chevaux, il vint une Dame qui

qui demanda s'il y avoit une place pour elle dans la voiture.

Elle étoit ſuivie d'une Payſanne qui portoit une caſſette, & qui tenoit un ſac de nuit ſous ſon bras. Oui, lui dit le Cocher, il y a encore une place de vuide à la portière.

Eh bien, je la prendrai, répondit la Dame, qui la paya ſur le champ, & qui monta tout de ſuite en caroſſe, après nous avoir tous ſaluez d'un air qui avoit de la dignité, quoique très-honnête, & qui ne ſentoit point la politeſſe de campagne. Tout le monde le remarqua, & je le remarquai plus que les autres.

Elle étoit aſſiſe à côté d'un vieux Eccléſiaſtique qui alloit plaider à Paris. Ma compagne & moi, nous rempliſſions le fond du devant; celui de derrière étoit occupé par un homme âgé, indiſpoſé, & par ſa femme. Dans l'autre portière étoient un Officier & la femme de chambre de la Dame avec qui je voyageois, & qui avoit encore un laquais qui ſuivoit le caroſſe à cheval.

Cette Inconnuë que nous prîmes en chemin, étoit grande, bien-faite: je lui aurois donné près de cinquante ans; cependant elle ne les avoit pas. On eût dit qu'elle relevoit de maladie; & cela étoit vrai. Malgré ſa pâleur & ſon peu d'embonpoint, on lui voyoit les plus beaux traits du monde, avec un tour de viſage admirable & je ne ſais quoi de ſin qui faiſoit penſer qu'elle étoit une femme de diſtinction. Toute ſa figure avoit un air d'importance naturelle qui ne vient pas de fierté, mais de ce qu'on eſt accoutumé aux attentions, & même aux reſpects de ceux avec qui l'on vit dans le grand monde.

A peine avions-nous fait une lieuë depuis la Beuvette, que le mouvement de la voiture incommoda notre nouvelle venuë. Je la vis pâlir; ce qui fut bien-tôt ſuivi de maux de cœur.

On voulut faire arrêter, mais elle dit que ce n'étoit pas la peine, & que cela ne dureroit pas; & comme j'étois la plus jeune de toutes les perſonnes qui occupoient les meilleures places, je la preſſai beaucoup de ſe mettre à la mienne, & l'en preſſai d'une maniere auſſi ſincére qu'obligeante.

Elle parut extrêmement touchée de mes inſtances, me fit ſentir combien elle les eſtimoit de ma part, & mêla même quelque choſe de ſi flateur pour moi dans ce qu'elle me répondit, que mes empreſſemens en redoublérent;

mais

mais il n'y eut pas moyen de la persuader, & en effet son indisposition se passa.

Comme elle étoit placée auprès de moi, nous avions de tems en tems de petites conversations ensemble.

La Dame que j'ai appellée ma compagne, & qui étoit d'un certain âge, m'appelloit presque toujours sa fille quand elle me parloit ; & là-dessus notre Inconnuë crut qu'elle étoit ma mere.

Non, lui dis-je, c'est une amie de ma famille qui a eu la bonté de se charger de moi jusqu'à Paris, où nous allons toutes deux, elle pour recueillir une succession, & moi pour joindre ma mere qu'il y a long-tems que je n'ai vûe.

Je voudrois bien être cette mere-là, me dit-elle d'un air doux & caressant, sans me faire de questions sur le Pays d'où je venois, & sans me parler de ce qui la regardoit.

Nous arrivâmes à l'endroit où nous devions dîner. Il faisoit un fort beau jour, & il y avoit dans l'hôtellerie un jardin qui me parut assez joli. Je fus curieuse de le voir, & j'y entrai : je m'y promenai même quelques instans pour me délasser d'avoir été assise toute la matinée.

Madame Darcire (c'eſt le nom de ma compagne) étoit à l'entrée de ce jardin avec l'Eccléſiaſtique dont je vous ai parlé, pendant que l'Officier ordonnoit notre dîné. L'autre voyageur incommodé & ſa femme étoient déja montez dans la chambre où l'on devoit nous ſervir, & où ils nous attendoient.

Je me promenois alors dans un petit bois que cette Dame eut envie de voir auſſi. L'Eccléſiaſtique & l'Officier la ſuivirent, & il y avoit déja une bonne demi-heure que nous nous y amuſions, quand le laquais de Madame Darcire vint nous avertir qu'on alloit ſervir. Nous prîmes donc le chemin de la chambre où je viens de vous dire que deux de nos voyageurs étoient d'abord montez.

J'ignorois que notre Inconnuë ſe fût ſéparée, on n'en avoit rien dit devant moi ; de-ſorte qu'en traverſant la cour, je la vis dans un cabinet à rez de chauſſée, dont les fenêtres étoient ouvertes, & on lui apportoit à manger dans le même moment.

Comment ! dis-je à l'Officier, eſt ce dans ce cabinet que nous dînons ? nous n'y ferons guéres à notre aiſe. Auſſi n'eſtn'est-ce pas là que nous allons, me répondit-il, c'est en haut; mais cette Dame a voulu dîner toute seule.

Il n'y a pas d'apparence qu'elle eût pris ce parti-là, si on l'avoit priée d'être des nôtres, repris-je; peut-etre s'attendoit-elle là-dessus a une politesse que personne de nous ne lui a faite, & je suis d'avis d'aller sur le champ réparer cette faute.

Je laissai en effet monter les autres, & me hâtai d'entrer dans ce cabinet. Elle prenoit sa serviette, & n'avoit pas encore touché à ce qu'on lui avoit apporté: c'étoit un potage, & de l'autre côté un peu de viande bouillie sur une assiette.

J'avoue qu'un repas si frugal m'étonna: elle rougit elle-même que j'en fusse témoin; mais lui cachant ma surprise: Eh quoi! Madame, lui dis-je, vous nous quittez, nous n'aurons pas l'honneur de dîner avec vous? Nous ne souffrirons point cette séparation-là, s'il vous plaît. Heureusement que j'arrive à propos, vous n'avez point encore mangé; & je vous enléve de la part de toute la compagnie, on ne se mettra point à table que vous ne soyez venue.

Elle s'étoit brusquement levée, comme pour m'écarter de la table & de la vûë de ſon dîné. Je me conformai à ſon intention, & ne m'avançai pas.

Non, Mademoiſelle, me répondit-elle en m'embraſſant, ne prenez point garde à moi, je vous prie : j'ai été long-tems malade, je ſuis encore convaleſ-cente, il faut que j'obſerve un régime qui m'eſt néceſſaire, & que j'obſerve-rois mal en compagnie ; voilà mes rai-ſons. Voyez ſi vous voulez que je m'ex-poſe, je ſuis bien ſûre que non, & vous ſeriez la première à m'en empê-cher. Je crus de bonne-foi ce qu'elle me diſoit, & je n'en inſiſtai pas moins.

Je ne me rends point, lui dis-je, & ne veux point vous laiſſer ſeule : venez, Madame, & fiez-vous à moi, je veil-lerai ſur vous avec la dernière rigueur, je vous garderai à vûë. On n'a pas en-core ſervi, il n'y a qu'à dire en paſ-ſant qu'on joigne votre dîné au nôtre ; & je la prenois ſous le bras pour l'em-mener en lui parlant ainſi. De-ſorte que je l'entraînois déja ſans qu'elle ſût que me répondre, malgré la répugnance que je lui voyois toujours.

Mon Dieu, Mademoiſelle, me dit-elle en s'arrêtant d'un air triſte, & mê-me me douloureux, que votre empreſſement me fait de plaiſir & de peine! Faut il vous parler confidemment? Je viens d'une petite maiſon de campagne que j'ai ici près: j'y avois apporté un certain argent pour y paſſer environ un mois: je ſortois de maladie, la fiévre m'y a repriſe, je m'y ſuis laiſſé gagner par le tems; il ne me reſte bien préciſément que ce qu'il me faut pour retourner à Paris où je ſerai demain, & je ne ſonge qu'à arriver. Ce que je vous dis-là au-reſte, n'eſt fait que pour vous, Mademoiſelle, vous le ſentez bien, & vous aurez la bonté de m'excuſer auprès des autres ſur ma ſanté.

Quelque peu de ſouci qu'elle affectât d'avoir elle-même de cette diſette d'argent qu'elle m'avouoit, & qu'elle vouloit que je regardaſſe comme un accident ſans conſéquence, ce qu'elle me diſoit-là, me toucha cependant, & je crus voir moins de tranquillité ſur ſon viſage, qu'elle n'en marquoit dans ſon diſcours. Il y a de certains états où l'on ne prend pas l'air qu'on veut.

Eh! Madame, m'écriai-je avec une franchiſe vive & badine, & en lui mettant ma bourſe dans la main, que j'aie l'honneur de vous être bonne à quelque

que chose! Servez-vous de cet argent jusqu'à Paris, puisque vous avez négligé d'en faire venir, & ne nous punissez point du peu de précaution que vous avez prise.

Je déliois les cordons de la bourse en lui parlant ainsi. Prenez ce qu'il faut, ajoutai-je : si vous n'en avez pas besoin, vous me le rendrez en arrivant ; sinon vous me le renverrez le lendemain.

Elle jetta comme un soupir alors, & laissa même, sans doute malgré elle, échaper une larme. Vous êtes trop aimable, me répondit-elle ensuite avec un embaras qu'elle combattoit, vous me charmez, vous me pénétrez d'amitié pour vous ; mais je puis me passer de ce que vous m'offrez de si bonne grace, souffrez que je vous remercie : il n'y a personne de quelque considération dans ces campagnes-ci qui ne me connoisse, & chez qui je ne puisse envoyer si je voulois ; mais ce n'est pas la peine, je serai demain chez moi.

S'il vous est indifférent de rester seule ici, lui répondis-je d'un air mortifié, il ne me l'auroit pas été d'être quelques heures de plus avec vous ; c'étoit une grace que je vous demandois, & qu'à la vérité je ne mérite pas d'obtenir.

Que

Que vous ne méritez pas! me repartit-elle en joignant les mains. Eh! comment feroit-on pour ne vous pas aimer? Eh bien, Mademoiselle, que voulez-vous que je prenne? Puisque vous me menacez de croire que je ne vous aime pas, je ferai tout ce que vous exigerez, & je vais vous suivre. Etes-vous contente?

C'étoit en tenant ma bourse qu'elle me disoit cela. Je l'embrassai de joye; car toutes ses façons me plaisoient: je les trouvois nobles & affectueuses, & ce petit moment de conversation particulière venoit encore de me lier à elle. De son côté, elle me serra tendrement dans ses bras: Ne disputons plus, me dit-elle après, voilà un de vos louis que je prens; c'est assez, puisqu'il n'est question que de prendre. Non, répondis-je en riant, n'y eut-il qu'un quart de lieuë d'ici chez vous, je vous taxe à davantage. Eh bien, mettons en deux pour avoir la paix, & marchons, reprit-elle.

Je l'emmenai donc. Il y avoit un instant qu'on avoit servi, & on nous attendoit. On la combla de politesse, & Madame Darcire sur-tout eut mille attentions pour elle.

Je lui avois promis de veiller sur elle à table, & je lui tins parole du moins

pour

pour la forme. On m'en fit la guerre, on me querella, je ne m'en souciai point. C'est une rigueur à laquelle je me suis engagée, dis-je; Madame n'est venue qu'à cette condition-là, & je fais ma charge.

Ma prétendue rigueur n'étoit cependant qu'un prétexte pour lui servir ce qu'il y avoit de meilleur & de plus délicat; & quoique pour entrer dans le badinage, elle se plaignît d'être trop gênée, il est vrai qu'elle mangea très-peu.

Nous sentîmes tous combien nous aurions perdu si elle nous avoit manquée; il me sembla que nous étions devenus plus aimables avec elle, & que nous avions tous plus d'esprit qu'à l'ordinaire.

Enfin le dîné fini nous remontâmes en carosse, & le soupé se passa de même.

Nous n'étions plus le lendemain qu'à une lieuë de Paris, quand nous vîmes un équipage s'arrêter près de notre voiture, & que nous entendîmes quelqu'un qui demandoit si Madame Darcire n'étoit pas là. C'étoit un Homme d'affaire à qui elle avoit écrit de venir au-devant d'elle, & de lui chercher un hôtel où elle put avoir un logement convenable. Elle se montra sur le champ.

Mais

Mais, comme nous avions quelques paquets engagez dans le magazin, que le lieu n'étoit pas commode pour les retirer, nous jugeâmes à propos de ne descendre qu'à un petit Village qui n'étoit plus qu'à un demi-quart de lieuë, & où notre Cocher nous dit qu'il s'arrêteroit lui même.

Pendant qu'on travailla à retirer nos paquets, mon Inconnuë me prit à quartier dans une petite cour, & voulut en m'embrassant, me rendre les deux louis-d'or que je l'avois forcée de prendre.

Vous n'y songez pas, lui dis-je, vous n'êtes pas encore arrivée, gardez-les jusques chez vous; que je les reprenne aujourd'hui ou demain, n'est-ce pas la même chose? Avez-vous intention de ne me pas revoir? & me quittez-vous pour toujours?

J'en serois bien fâchée, me répondit-elle; mais nous voici à Paris, nous allons y entrer, c'est comme si j'y étois. Vous avez beau dire, repris-je en me reculant, je me méfie de vous, & je vous laisse cet argent précisément pour vous obliger à m'apprendre où je vous retrouverai.

Elle se mit à rire, & s'avança vers moi; mais je m'éloignai encore. Ce que vous

vous faites-là, eſt inutile, lui criai-je ; donnez-moi mes ſûretez, où logez-vous ?

Je ne vous en aurois pas moins inſtruite de l'endroit où je vais, me repartit-elle. Mon nom eſt Darneuil (ce n'étoit là que le nom d'une petite Terre, & elle me cachoit le véritable,) & vous aurez de mes nouvelles chez M. le Marquis, de Viry ruë S. Louis au Marais, (c'étoit un de ſes amis). Dites-moi à préſent à votre tour, ajouta-t-elle, où je vous trouverai ?

Je ne ſais point le nom du quartier où nous allons, lui répondis-je ; mais demain j'enverrai quelqu'un qui vous le dira, ſi je ne vais pas vous le dire moi-même.

J'entendis alors Madame Darcire qui m'appelloit, & je me hâtai de ſortir de la petite cour pour la joindre. Mon Inconnuë me ſuivit. Elle dit adieu à Madame Darcire, je l'embraſſai tendrement, & nous partîmes.

En une heure de tems nous arrivâmes à la maiſon que cet Homme d'affaire dont j'ai parlé, nous avoit retenue.

Comme la journée n'étoit pas encore fort avancée, j'aurois volontiers été cher-

chercher ma mere, si Madame Darcire qui se sentoit trop fatiguée pour m'accompagner, & dont je ne pouvois prendre que la femme de chambre, ne m'avoit engagée à attendre jusqu'au lendemain.

J'attendis donc, d'autant plus qu'on me dit qu'il y avoit fort loin du quartier où nous étions, à celui où je devois aller trouver cette mere qu'il me tardoit avec tant de raison de voir & de connoître.

Aussi Madame Darcire ne me fit-elle pas languir le jour d'après ; elle eut la bonté de préférer mes affaires à toutes les siennes, & à onze heures du matin nous étions déja en carosse pour nous rendre dans la ruë S. Honoré, vis-à-vis les Capucins, conformément à l'adresse que j'avois gardé de ma mere, & à laquelle je lui avois écrit mes dernieres lettres qui étoient restées sans réponse.

Notre carosse arrêta donc à l'endroit que je viens de dire, & là nous demandâmes la maison de Madame la Marquise de. . . (c'étoit le nom de son mari.) Elle n'est plus ici, nous répondit un Suisse ou un Portier, je ne sais plus lequel des deux. Elle y logeoit il y a environ deux ans ; mais depuis que M.

le Marquis eſt mort, ſon fils a vendu la maiſon à mon Maître qui l'occupe à préſent.

M. le Marquis eſt mort! m'écriai-je toute troublée, & même ſaiſie d'une certaine épouvante que je ne devois pas avoir; car dans le fond, que m'importoit la mort de ce beau-pere qui m'étoit inconnu, à qui je n'avois jamais eu la moindre obligation, & ſans lequel au contraire ma mere ne m'auroit pas vraiſemblablement oubliée autant qu'elle avoit fait ?

Cependant en apprenant qu'il ne vivoit plus, & qu'il avoit un fils marié, je craignis pour ma mere, qui m'avoit laiſſé ignorer tous ces évènemens; le ſilence qu'elle avoit gardé là-deſſus, m'allarma; j'apperçus confuſément des choſes triſtes, & pour elle & pour moi; en un mot cette nouvelle me frappa, comme ſi elle avoit entraîné mille autres accidens fâcheux que je redoutois ſans ſavoir pourquoi.

Eh depuis quand eſt-il donc mort? répondis-je d'une voix altérée. Eh mais, c'eſt depuis dix-ſept ou dix-huit mois, je penſe, reprit cet homme, & ſix ou ſept ſemaines après avoir marié M. le Marquis ſon fils, qui vient ici quelquefois,

fois, & qui demeure à présent à la Place Royale.

Et la Marquise sa mere, lui dis-je encore, loge-t-elle avec lui? Je ne crois pas, me répondit-il, il me semble avoir entendu dire que non; mais vous n'avez qu'à aller chez lui, pour apprendre où elle est, apparemment qu'on vous en informera.

Eh bien, me dit alors Madame Darcire, il n'y a qu'à retourner au logis, & nous irons à la Place Royale après dîné; d'autant plus que j'ai moi-même affaire de ces côtez-là. Comme vous voudrez, lui répondis-je d'un air inquiet & agité; & nous revînmes à la maison.

Vous voilà bien rêveuse, me dit en chemin Madame Darcire; à quoi pensez-vous donc? Est-ce la mort de votre beau-pere qui vous afflige?

Non, lui dis-je, je ne pourrois en être touchée que pour ma mere que cet accident intéresse peut-être de plus d'une façon; mais ce qui m'occupe à présent, c'est le chagrin de ne la point voir, & de n'être pas sûre que je la trouverai chez son fils, puisqu'on vient de nous dire qu'on ne croit pas qu'elle y loge. Ce n'est pas là un grand inconvénient, me dit-elle; si elle n'y loge pas, nous irons chez elle.

Madame Darcire fit arrêter chez quelques Marchands pour des emplettes; nous rentrâmes ensuite au logis. Trois quarts-d'heures après le dîné nous remontâmes en carosse avec son Homme d'affaire qui venoit d'arriver, & nous prîmes le chemin de la Place Royale, où cette Dame, par égard pour mon impatience, voulut me mener, d'abord dans l'intention de m'y laisser si nous y trouvions ma mere, d'aller de-là à ses propres affaires, & de revenir me reprendre sur le soir, s'il le falloit.

Mais ce n'étoit pas la peine de nous arranger là-dessus, & mes inquiétudes ne devoient pas finir si-tôt. Ni mon frere ni ma belle-sœur, c'est-à-dire, ni M. le Marquis ni sa femme n'étoient chez eux. Nous sûmes de leur Suisse que depuis huit jours ils étoient partis pour une campagne à quinze ou vingt lieuës de Paris. Quant à ma mere, elle ne logeoit point avec eux, & on ignoroit sa demeure. Tout ce qu'on pouvoit m'en dire, c'est que ce jour-là même elle étoit venue à onze heures du matin pour voir son fils dont elle ne savoit pas l'absence; qu'elle avoit paru ru fort ſurpriſe & fort affligée de le trouver parti ; qu'elle arrivoit elle-même de campagne, à ce qu'elle avoit dit, & qu'elle s'étoit retirée ſans laiſſer ſon adreſſe.

A ce recit, je retombai dans ces frayeurs dont je vous ai parlé, & je ne pus m'empêcher de ſoupirer. Vous dites donc qu'elle étoit affligée du départ de M. le Marquis ? répondis-je à cet homme. Oui, Mademoiſelle, me repartit-il, c'eſt ce qui m'en a ſemblé. Eh! comment eſt-elle venue ici ? ajoutai-je par je ne ſais quel eſprit de méfiance ſur ſa ſituation, & comme cherchant à tirer des conjectures ſur ce qu'on alloit me répondre; étoit-elle dans ſon équipage, ou dans celui d'un de ſes amis ?

Oh d'équipage! me répondit-il, vraiment, Mademoiſelle, elle n'en a point : elle étoit toute ſeule, & meme aſſez fatiguée; car elle s'eſt repoſée ici près d'un quart heure.

Toute ſeule & ſans voiture! m'écriai-je, la mere de M. le Marquis ? voilà qui eſt bien horrible! Ce n'eſt pas ma faute, & je ne ſaurois dire autrement, me repartit-il. Au ſurplus, je ne me mêle point de ces choſes-là, & je réponds

 ſeule-

ſeulement à ce que vous me demandez.

Mais, lui dis-je en inſiſtant, ne m'indiquerez-vous point dans ce quartier-ci quelque perſonne qui la connoiſſe, chez qui elle aille, & de qui je puiſſe apprendre où elle loge?

Non, reprit-il, elle vient ſi rarement à l'Hôtel, à des heures où il y a ſi peu de monde, & elle y demeure ſi peu de tems, que je ne me ſouviens pas de l'avoir vû parler à d'autres perſonnes qu'à M. le Marquis ſon fils, & c'eſt toujours le matin; encore quelquefois n'eſt-il pas levé.

Y avoit-il rien de plus mauvais augure que tout ce que j'entendois là? Que ferai-je donc, & quelle eſt ma reſſource? dis-je, d'un air conſterné à Madame Darcire qui commençoit auſſi à n'avoir pas bonne opinion de tout cela. Il n'eſt pas poſſible, en nous informant avec ſoin, que nous ne découvrions bien-tôt où elle eſt, me dit-elle; il ne faut pas vous inquiéter, ceci n'eſt qu'un effet du hazard, & des circonſtances dans leſquelles vous arrivez. Je ne lui répondis que par un ſoupir, & nous nous éloignâmes.

Il m'auroit été bien aiſé dans le quartier où nous étions alors, d'aller chercher

cher cette Dame avec qui nous avions voyagé, à qui j'avois prété de l'argent, & de qui je devois ſavoir des nouvelles chez le Marquis de Viry ruë S. Louis, à ce qu'elle m'avoit dit; mais dans ce moment-là je ne penſai point à elle, je n'étois occupée que de ma mere, que de mes triſtes ſoupçons ſur ſon état, & que de l'impoſſibilité où je me voyois de l'embraſſer.

Madame Darcire fit tout ce qu'elle put pour raſſurer mon eſprit, & pour diſſiper mes allarmes. Mais cette mere qui étoit venue à pied chez ſon fils, que ſa laſſitude avoit obligée de ſe repoſer; cette mere qui faiſoit ſi peu de figure, qui étoit ſi enterrée, que les gens mêmes de ſon fils ne ſavoient pas ſa demeure, me revenoit toujours dans la penſée.

De la Place Royale nous allâmes chez le Procureur de Madame Darcire; de là dans une maiſon où l'on avoit mis le ſcellé, & qui avoit appartenu à la perſonne dont elle étoit héritière. Elle y demeura près d'une heure & demie; & puis nous rentrâmes au logis avec ce Procureur, à qui elle devoit donner quelques papiers dont il avoit beſoin pour elle.

Cet homme pendant que nous étions dans le carosse, parla de quelqu'un qui demeuroit au Marais, & qu'il devoit voir le lendemain au sujet de la succession de Madame Darcire. Comme c'étoit-là le quartier du Marquis, & celui où j'avois espéré de trouver ma mere, je lui demandai s'il ne la connoissoit pas, sans lui dire cependant que j'étois sa fille.

Oui, me dit-il, je l'ai vûe deux ou trois fois avant la mort de son mari, qui m'avoit en ce tems-là chargé de quelque affaire; mais depuis qu'il est mort, je ne sais plus ce qu'elle est devenue, j'ai seulement ouï dire qu'elle n'étoit pas fort heureuse.

Eh! quel est donc son état? lui répondis-je avec une émotion que j'avois bien de la peine à cacher. Son fils est si riche & si grand Seigneur, ajoutai-je. Il est vrai, reprit-il; & il a épousé la fille de M. le Duc de... Mais je crois la Marquise brouillée avec lui & avec sa belle-fille. Cette Marquise n'étoit, dit on, que la veuve d'un très mince & très-pauvre Gentilhomme de Province, dont défunt le Marquis devint amoureux dans le pays, & qu'il épousa assez étourdiment, tout riche & tout

tout grand Seigneur qu'il étoit lui-même. Aujourd'hui qu'il eſt mort, & que le fils qu'il a eu d'elle, s'eſt marié avec la fille du Duc de..., il ſe peut bien faire que cette fille de Duc, je veux dire, que Madame la Marquiſe la jeune ne voye pas de trop bonne œil une belle-mere comme la vieille Marquiſe, & ne ſe ſoucie pas beaucoup de ſe voir alliée à tous les petits houbereaux de ſa famille, & de celle de ſon premier mari, dont on dit auſſi qu'il reſte une fille qu'on n'a jamais vûe, & qu'apparemment on n'eſt pas curieux de voir. Voilà à peu près ce que je puis recueillir de tous les propos que j'ai entendu tenir à ce ſujet-là.

Les larmes couloient de mes yeux pendant qu'il parloit ainſi, je n'avois pu les retenir à cet étrange diſcours, & n'étois pas même en état d'y rien répondre.

Madame Darcire, qui étoit la meilleure femme du monde, & qui avoit pris de l'amitié pour moi, avoit rougi plus d'une fois en l'écoutant, & s'étoit même apperçue que je pleurois.

Qu'appelle-t-on des houbereaux, Monſieur? lui dit-elle quand il eut fini. Il faut que Madame la Marquiſe la jeune, toute fille de Duc qu'elle eſt, ſoit bien mal informée, ſi elle rougit des alliances dont vous parlez. Je lui apprendrois moi qui ſuis du pays de cette belle-mere qu'elle mépriſe, je lui apprendrois que la Marquiſe qui s'appelle de Treſle en ſon nom, eſt d'une des plus nobles & des plus anciennes Maiſons de notre Province; que celle de M. de Tervire ſon premier mari, ne le céde à pas une que je connoiſſe; qu'il n'y en avoit point anciennement de plus conſidérable par l'étenduë de ſes Terres, & que toute diminuée qu'elle eſt aujourd'hui de ce côté-là, M. de Tervire auroit encore laiſſé à ſa veuve plus de dix-huit ou vingt mille livres de rente, ſans la mauvaiſe humeur d'un pere qui les lui ôta pour les donner à ſon cadet; & qu'enfin il n'y a, ni Gentilhomme, ni Marquis, ni Duc en France, qui ne pût avec honneur épouſer Mademoiſelle de Tervire qui eſt cette fille qu'on n'a jamais vûe à Paris, que Madame la Marquiſe laiſſa effectivement à ſes parens quand elle quitta la Province, & ſur qui aucune fille de ce pays ci ne l'emportera, ni par la figure, ni par les qualitez de l'eſprit & du caractere.

Le

Le Procureur alors, qui me vit les yeux mouillez, & qui fit réflexion que c'étoit moi qui lui avois demandé des nouvelles de la vieille Marquise, soupçonna que je pouvois bien être cette fille dont il étoit question.

Madame, dit-il un peu confus à Madame Darcire, quoique je n'aie rapporté que les discours d'autrui, j'ai peur d'avoir fait une imprudence; ne seroit-ce pas Mademoiselle de Tervire elle-même que je vois?

Il auroit été difficile de le lui dissimuler; ma contenance ne le permettoit pas, & ne laissoit pas deux partis à prendre. Aussi Madame Darcire n'hésita-t-elle point. Oui, Monsieur, lui dit-elle, vous ne vous trompez pas, c'est elle; voilà cette petite Provinciale qu'on n'est pas curieuse de voir, que sans doute on s'imagine être une espéce de Paysanne, & à qui on seroit peut-être fort heureuse de ressembler. Je ne crois pas qu'on y perdît, de quelque maniere qu'on soit faite, répondit-il en me suppliant de lui pardonner ce qu'il avoit dit. Notre carosse arrêtoit en ce moment, nous étions arrivez, & je ne lui répondis que par une inclination de tête.

Vous

Vous jugez bien, que dès qu'il fut forti, je n'oubliai pas de remercier Madame Darcire du portrait flateur qu'elle avoit fait de moi, & de cette colére vraiment obligeante avec laquelle elle avoit défendu ma famille, & vengé les miens des mépris de ma belle-fœur. Mais ce que le Procureur nous avoit dit, ne fervit qu'à me confirmer dans ce que je penfois de la fituation de ma mere, & plus je la croyois à plaindre, plus il m'étoit douloureux de ne favoir où l'aller chercher.

Il eft vrai, qu'à proprement parler, je ne la connoiffois pas ; mais c'étoit cela même qui me donnoit ce defir ardent que j'avois de la voir. C'eft une fi grande & fi intéreffante avanture que celle de retrouver une mere qui vous eft inconnue ; ce feul nom qu'elle porte, a quelque chofe de fi doux !

Et ce qui contribuoit encore beaucoup à m'attendrir pour la mienne, c'étoit de penfer qu'on la méprifoit, qu'elle étoit humiliée, qu'elle avoit des chagrins, qu'elle fouffroit même ; car j'allois jufques-là, & je partageois fon humiliation & fes peines ; mon amour-propre étoit de moitié avec le fien dans tous les affronts

que

que je ſuppoſois qu'elle eſſuyoit ; & j'aurois eu, ce me ſemble, un plaiſir extrême à lui montrer combien j'y étois ſenſible.

Il ſe peut bien que mon empreſſement n'eût pas été ſi vif, ſi je l'avois ſu plus heureuſe, & c'eſt que je ne me ſerois pas flatée non plus d'être ſi bien reçue ; mais j'arrivois dans des circonſtances qui me répondoient de ſon cœur, j'étois comme ſûre de la trouver meilleure mere, & je comptois ſur ſa tendreſſe à cauſe de ſon malheur.

Malgré toutes les informations que nous fîmes, Madame Darcire & moi, nous avions déja paſſé dix ou douze jours à Paris ſans avoir pu découvrir où elle étoit ; & j'en mourois d'impatience & de chagrin. Par-tout où nous allions, nous parlions d'elle. Bien des gens la connoiſſoient, tout le monde ſavoit quelquec hoſede ce qui lui étoit arrivé, les uns plus, les autres moins ; mais comme je ne déguiſois point que j'étois ſa fille, que je me produiſois ſous ce nom-là, je m'appercevois bien qu'on me ménageoit, qu'on ne me diſoit pas tout ce qu'on ſavoit, & le peu que j'en

ap-

apprenois, ſignifioit toujours qu'elle n'étoit pas à ſon aiſe.

Excédée enfin de l'inutilité de mes efforts pour la trouver, nous retournâmes au bout de douze jours, Madame Darcire & moi, à la Place Royale, dans l'eſpérance que ma mere y ſeroit revenue elle-même, qu'on lui auroit dit que deux Dames étoient venues l'y demander, & qu'en conſéquence elle auroit bien pu laiſſer ſon adreſſe, afin qu'on la leur donnât ſi elles revenoient la chercher.

Autre peine inutile, ma mere n'avoit pas reparu. On lui avoit dit la premiere fois, que le Marquis ne ſeroit de retour que dans trois ſemaines ou un mois; & ſans doute elle attendoit que ce tems-là fût paſſé pour ſe remontrer. Ce fut du moins ce qu'en penſa Madame Darcire qui me le perſuada auſſi.

Toute affligée que j'étois de voir toujours prolonger mes inquiétudes, je m'aviſai de ſonger que nous étions dans le quartier de Madame Darneuil, de cette Dame de la voiture, dont l'adreſſe étoit chez le Marquis de Viry, avec qui, comme vous ſavez, je m'étois liée

liée d'une amitié aſſez tendre, & à qui d'ailleurs j'avois promis de donner de mes nouvelles.

Je propoſai donc à Madame Darcire d'aller la voir, puiſque nous étions ſi près de la ruë S. Louis. Elle y conſentit, & la première maiſon à laquelle nous nous arrêtâmes pour demander celle du Marquis de Viry, étoit attenant la ſienne. C'eſt la porte d'après, nous dit-on, & un des gens de Madame Darcire y frappa ſur le champ.

Perſonne ne venoit, on redoubla, & après un intervalle de tems aſſez conſidérable, parut un très-vieux domeſtique à longs cheveux blancs, qui ſans attendre qu'on lui fît de queſtion, nous dit d'abord que M. de Viry étoit à Verſailles avec Madame.

Ce n'eſt pas à lui que nous en voulons, lui répondis-je; c'eſt à Madame Darneuil. Hà, Madame Darneuil, elle ne loge pas ici, reprit-il. Mais n'êtes-vous pas des Dames nouvellement arrivées de Province? Depuis dix ou douze jours, lui dîmes-nous? Eh bien, ayez la bonté d'attendre un inſtant, repartit-il, je vais vous faire parler à une des femmes de Madame qui m'a bien recommandé de l'avertir quand vous

vous viendriez. Et là-deſſus, il nous quitta pour aller lentement chercher cette femme, qui deſcendit, & qui vint nous parler à la portière de notre caroſſe. Pouvez-vous, lui dis-je, nous apprendre où eſt Madame Darneuil ? nous avons cru la trouver ici.

Non, Meſdames, elle n'y demeure pas, répondit-elle. Mais n'eſt-ce pas avec vous, Mademoiſelle, qu'elle arriva à Paris ces jours paſſez, & qui lui prêtâtes de l'argent ? ajouta-t-elle en m'adreſſant la parole. Oui, c'eſt moi-même qui la forçai d'en prendre, lui dis-je, & j'aurois été charmée de la revoir. Où eſt-elle ? Dans le Fauxbourg S. Germain, me dit cette femme, (& c'étoit préciſément notre quartier :) j'ai même été avant-hier chez elle ; mais je ne me ſouviens plus du nom de ſa ruë, & elle m'a chargée, dans l'abſence de M. le Marquis & de Madame, de m'informer où vous logez ſi on venoit de votre part, & de remettre en même tems ces deux louis-d'or que voici.

Je les pris : Tâchez, lui dis-je, de la voir demain, retenez bien, je vous prie, où elle demeure, & vous me le ferez ſavoir par quelqu'un que j'enverrai ici dans deux ou trois jours.

Elle

Elle me le promit, & nous partîmes.

En rentrant au logis, nous vîmes à deux portes au-dessus de la nôtre une grande quantité de peuple assemblé. Tout le monde étoit aux fenêtres : il sembloit qu'il y avoit eu une rumeur, ou quelque accident considérable ; & nous demandâmes ce que c'étoit.

Pendant que nous parlions, arriva notre Hôtesse, grosse Bourgeoise d'assez bonne mine, qui sortoit du milieu de cette foule de l'air d'une femme qui avoit eu part à l'avanture. Elle gesticuloit beaucoup ; elle levoit les épaules ; une partie de ce peuple l'entouroit, & elle étoit suivie d'un petit homme assez mal arrangé, qui avoit un tablier autour de lui, & qui lui parloit le chapeau à la main.

De quoi s'agit-il donc, Madame ? lui dîmes-nous dès qu'elle se fut approchée. Dans un moment, nous répondit-elle, j'irai vous le dire, Mesdames ; il faut auparavant que je finisse avec cet homme-ci, qu'elle mena effectivement chez elle.

Un demi-quart d'heure après, elle revint nous trouver. Je viens de voir la chose du monde qui m'a le plus touchée, nous dit-elle. Celui que vous avez vû avec moi tout-à-l'heure, eſt le Maître d'une Auberge d'ici près, chez qui depuis dix ou douze jours eſt venue ſe loger une femme paſſablement bien miſe, qui même par ſes diſcours & par ſes manieres, n'a pas trop l'air d'une femme du commun. Je viens de lui parler, & j'en ſuis encore toute émûe.

Imaginez-vous, Meſdames, que la fiévre l'a priſe deux jours après être entrée chez cet homme, qui ne la connoît point, qui lui a loué une de ſes chambres, & lui a fait crédit juſqu'ici ſans lui demander d'argent, quoique dès le lendemain de ſon entrée chez lui, elle eût promis de lui en donner. Vous jugez bien que dans ſa fiévre, il lui a fallu des ſecours qui ont exigé une certaine dépenſe, & il ne lui en a refuſé aucun, il a toujours tout avancé. Mais cet homme n'eſt pas riche. Elle ſe porte un peu mieux aujourd'hui; & un Chirurgien qui l'a ſaignée, qui a eu ſoin d'elle, qui lui a tenu lieu de Médecin, un Apoticaire qui lui a fourni des remédes, demandent à préſent tous deux à être payez. Ils ont été chez elle, elle n'a pu les ſatisfaire; & ſur le champ

champ ils ſe ſont adreſſez au Maître de l'Auberge qui les a été chercher pour elle. Celui-ci effrayé de voir qu'elle n'avoit pas même de quoi les payer, a non ſeulement eu peur de perdre auſſi ce qu'elle lui devoit, mais encore ce qu'il continueroit à lui avancer.

Sur ces entrefaites eſt arrivé un petit Marchand de Province qui loge ordinairement chez lui. Toutes ſes chambres ſont louées, il n'y a eu que celle de cette femme qu'il a regardée comme vuide, parce qu'elle ne lui donnoit point d'argent. Là-deſſus il a pris ſon parti, & a été lui parler pour la prier de ſe pourvoir d'une chambre ailleurs, attendu qu'il ſe préſentoit une occaſion de mettre dans la ſienne quelqu'un dont il étoit ſûr, & qui comptoit l'occuper au retour de quelques courſes qu'il étoit allé faire dans Paris. Vous me devez déja beaucoup, a-t-il ajouté, & je ne vous dis point de me payer: laiſſez-moi ſeulement quelques nippes pour mes ſuretez, & ne m'ôtez point le profit que je puis retirer de ma chambre.

A ce diſcours, cette femme qui eſt un peu rétablie, mais encore trop foible pour ſortir & pour déloger ainſi à la hâte, l'a prié d'attendre quelques jours, lui a dit qu'il ne s'inquiétât point, qu'elle le payeroit inceſſamment, qu'elle avoit même intention de le recompenſer de tous ſes ſoins, & que dans une ſemaine au plus tard, elle l'enverroit porter un billet chez une perſonne de chez qui il ne reviendroit point ſans avoir de l'argent; qu'il ne s'agiſſoit que d'un peu de patience; qu'à l'égard des gages, elle n'en avoit point à lui laiſſer qu'un peu de linge & quelques habits dont il ne feroit rien, & qui lui étoient abſolument néceſſaires; qu'au ſurplus, s'il la connoiſſoit, il verroit bien qu'elle n'étoit point femme à le tromper.

Je vous rapporte ce diſcours tel qu'elle le lui a répété devant moi lorſque je ſuis arrivée; mais il l'avoit déja forcée de ſortir de ſa chambre, & de fermer une caſſette qu'il vouloit retenir pour nantiſſement; de-ſorte que la querelle alors ſe paſſoit dans une ſalle où ils étoient deſcendus, & où cet homme & ſa fille crioient à toute voix contre cette femme qui réſiſtoit à s'en aller. Le bruit ou plutôt le vacarme qu'ils faiſoient, avoit déja amaſſé bien du monde, dont une partie étoit même entrée dans cette ſalle. Je revenois alors de chez une de mes amies qui demeure re ici près; & comme c'eſt de moi que cet homme tient la maiſon qu'il occupe, & qui m'appartient, je me ſuis arrétée un moment en paſſant pour ſavoir d'où venoit ce bruit. Cet homme m'a vûe, m'a prié d'entrer, & m'a expoſé le fait. Cette femme y a répondu inutilement ce que je viens de vous dire. Elle pleuroit, je la voyois plus confuſe & plus conſternée que hardie, elle ne ſe défendoit preſque que par ſa douleur, elle ne jettoit que des ſoupirs avec un viſage plus pâle & plus défait que je ne puis vous l'exprimer. Elle m'a tirée à quartier, m'a ſuppliée ſi j'avois quelque pouvoir ſur cet homme, de l'engager à lui accorder le peu de jours de délai qu'elle lui demandoit, m'a donné ſa parole qu'il ſeroit payé; enfin m'a parlé d'un air & d'un ton qui m'ont pénétrée d'une véritable pitié: j'ai même ſenti de la conſidération pour elle. Il n'étoit queſtion que de dix écus: ſi je les perds, ils ne me ruineront pas; & Dieu m'en tiendra compte, il n'y a rien de perdu avec lui. J'ai donc dit que j'allois les payer. Je l'ai fait remonter dans ſa chambre où l'on a reporté ſa caſſette; & j'ai emmené cet homme pour lui compter ſon argent chez moi. Voilà, Mesdames, mot pour mot l'histoire, que je vous conte toute entière à cause de l'impression qu'elle m'a faite, & il en arrivera ce qui pourra; mais je n'aurois pas eu de repos avec moi sans les dix écus que j'ai avancez.

Nous ne fûmes pas insensibles à ce recit, Madame Darcire & moi. Nous nous sentîmes attendries pour cette femme qui dans une avanture aussi douloureuse avoit su moins disputer que pleurer. Nous donnâmes de grands éloges à la bonne action de notre Hôtesse, & nous voulûmes toutes deux y avoir part.

Le Maître de cette Auberge est appaisé, lui dîmes-nous, il attendra; mais ce n'est pas assez. Cette femme est sans argent apparamment, elle sort de maladie, à ce que vous dites, elle a encore une semaine à passer chez cet homme qui n'aura pas grand égard à l'état où elle est, ni aux ménagemens dont elle a besoin dans une convalescence aussi récente que la sienne; ayez la bonté, Madame, de lui porter pour nous cette petite somme d'argent que voici (c'étoit neuf ou dix écus que nous lui remettions.)

De tout mon cœur, reprit-elle, j'y vais

vais de ce pas ; & elle partit. A son retour, elle nous dit qu'elle avoit trouvée cette femme au lit ; que son avanture l'avoit extrêmement émûe, & qu'elle n'étoit pas sans fiévre. Qu'à l'égard des dix écus que nous lui avions envoyez, ce n'avoit été qu'en rougissant qu'elle les avoit reçus ; qu'elle nous conjuroit de vouloir bien qu'elle ne les prît qu'à titre d'emprunt ; que l'obligation qu'elle nous en auroit, en seroit plus grande, & sa reconnoissance encore plus digne d'elle & de nous ; qu'elle devoit en effet recevoir incessamment de l'argent, & qu'elle ne manqueroit pas de nous rendre le nôtre.

Ce compliment ne nous déplût point ; au contraire, il nous confirma dans l'opinion avantageuse que nous avions d'elle. Nous comprîmes qu'une ame ordinaire ne se seroit point avisée de cette honnête & généreuse fierté-là ; & nous ne nous en sûmes que meilleur gré de l'avoir obligée : je ne sais pas même à quoi il tint que nous n'allassions la voir, tant nous étions prévenues pour elle. Ce qui est de sûr, c'est que je pensai le proposer à Madame Darcire, qui de son côté m'avoua depuis, qu'elle avoit eu envie de me le proposer aussi.

En mon particulier, je plaignis beaucoup cette Inconnuë, dont l'infortune me fit encore songer à ma mere, que je ne croyois pas à beaucoup près dans des embarras comparables, ni même approchans des siens; mais que j'imaginois seulement dans une situation peu convenable à son rang, quoique supportable & peut-être douce pour une femme qui auroit été d'une condition inférieure à la sienne. Je n'allois pas plus loin; & à mon avis, c'étoit bien en imaginer assez pour la plaindre, & pour penser qu'elle souffroit.

L'impossibilité de la trouver m'avoit déterminée à laisser passer huit ou dix jours avant que de retourner chez le Marquis son fils, qui devoit dans l'espace de ce tems être revenu de la campagne, & chez qui je ne doutois pas que je n'eusse des nouvelles de ma mere, qui auroit aussi attendu qu'il fût de retour pour ne pas reparoître inutilement chez lui.

Deux ou trois jours après qu'on eut porté de notre part de l'argent à cette Inconnuë, nous sortîmes entre onze heures & midi, Madame Darcire & moi, pour aller à la Messe (c'étoit un jour de Fête), & en revenant au logis, je crus

crus appercevoir à quarante ou cinquante pas de notre carosse, une femme que je reconnus pour cette femme de chambre à qui nous avions parlé chez le Marquis de Viry ruë S. Louis.

Vous vous souvenez bien que je lui avois promit de renvoyer le sur-lendemain savoir la demeure de Madame Darneuil, qu'elle n'avoit pu m'apprendre la première fois, & j'avois exactement tenu ma parole; mais on avoit dit qu'elle étoit sortie, & par distraction j'avois moi-même oublié d'y renvoyer depuis, quoique c'eût été mon dessein. Aussi fus-je charmée de la rencontrer si à propos, & je la montrai aussi-tôt à Madame Darcire qui la reconnut comme moi.

Cette femme qui nous vit de loin, parut nous remettre aussi, & resta sur le pas de la porte de l'Aubergiste chez lequel nous jugeâmes qu'elle alloit entrer.

Nous fîmes arrêter quand nous fûmes près d'elle, & aussi-tôt elle nous salua. Je suis bien-aise de vous revoir, lui dis je : je soupçonne que vous allez chez Madame Darneuil, ou que vous sortez de chez elle; aussi vous me direz sa demeure.

Si vous voulez bien avoir la bonté, nous répondit-elle, d'attendre que j'aie dit un mot à une Dame qui loge dans cette Auberge, je reviendrai ſur le champ répondre à votre queſtion, Mademoiſelle, & je ne ſerai qu'un inſtant.

Une Dame ! reprit avec quelque étonnement Madame Darcire, qui ſavoit du Maître de l'Auberge que notre Inconnuë étoit la ſeule femme qui logeât chez lui. Hé quelle eſt-elle donc ? ajouta-t-elle tout de ſuite. Et puis ſe retournant de mon côté : Ne ſeroit-ce pas cette perſonne pour qui nous nous intéreſſons, me dit-elle, & à qui il arriva cette triſte avanture de l'autre jour ?

C'eſt elle-même, repartit ſur le champ la femme de chambre ſans me donner le tems de répondre ; je vois bien que vous parlez d'une querelle qu'elle eut avec l'Aubergîte, qui vouloit qu'elle ſortît de chez lui.

Voilà ce que c'eſt, reprit Madame Darcire ; & puiſque vous ſavez qui elle eſt, par quel accident ſe trouve-t-elle expoſée à de ſi étranges extrémitez ? Nous avons jugé par tout ce qu'on nous en a dit, que ce doit être une femme de quelque choſe.

Vous ne vous trompez pas, Madame,

me, lui répondit-elle, elle n'est pas faite pour essuyer de pareils affronts, il s'en faut bien; aussi en est-elle retombée malade. Je suis d'avis que nous allions la voir, si cela ne lui fait pas de peine, dit Madame Darcire; montons-y, ma fille, (c'étoit a moi à qui elle adressoit la parole.)

Vous le pouvez, Mesdames, reprit cette femme, pourvû que vous vouliez bien d'abord me laisser entrer toute seule, afin que je la prévienne sur votre visite, & que je sache si vous ne la mortifierez pas; il se pourroit qu'elle vous fît prier de lui épargner cette confusion-là.

Non, non, dit Madame Darcire, qui étoit peut-être curieuse, mais qui assurément l'étoit encore moins que sensible; non, nous ne risquons point de la chagriner: elle a déja entendu parler de nous, il y a une personne qui ces jours passez l'alla voir de notre part, & je suis persuadée qu'elle nous verra volontiers. Prévenez-la cependant si vous le jugez à propos, nous allons vous suivre; mais vous entrerez la première, & vous lui direz que nous demeurons dans ce grand Hôtel presque attenant son Auberge; que c'est notre Hôtesse qui vint la voir, &

& que nous lui envoyâmes il y a quelques jours. Elle ſaura bien là-deſſus qui nous ſommes.

Nous deſcendîmes auſſi-tôt de caroſſe ; & tout s'exécuta comme je viens de le dire. Il n'y avoit qu'un petit eſcalier à monter, & c'étoit au premier ſur le derrière. La femme de chambre ſe hâta d'entrer ; elle avoit en effet des raiſons d'avertir l'Inconnuë qu'elle ne nous diſoit pas ; & nous nous arrêtâmes un inſtant aſſez près de la porte de la chambre vis-à-vis de laquelle étoit le lit de la Malade, de façon que lorſqu'elle l'ouvrit, nous vîmes à notre aiſe cette Malade qui étoit ſur ſon ſéant, qui nous vit à ſon tour malgré l'obſcurité du paſſage où nous étions arrêtées ; que nous reconnûmes enfin, & qui acheva de nous confirmer qu'elle étoit la perſonne que nous imaginions, par le mouvement de ſurpriſe qui lui échapa en nous voyant.

Ce qui fit encore que nous eûmes, elle & nous, tout le tems de nous examiner, c'eſt que cette porte qui avoit été un peu trop pouſſée, étoit reſtée ouverte.

Eh mon Dieu ! ma fille, me dit tout bas Madame Darcire, n'eſt-ce pas

pas là Madame Darneuil ? Et pendant qu'elle me parloit ainsi, je vis la Malade qui joignoit tristement les mains, qui me les tendit ensuite en soupirant, & en jettant sur moi ses regards languissans & mortifiez, quoique tendres.

Je n'attendis pas qu'elle s'expliquât davantage; & pour lui ôter sa confusion à force de caresses, je courus toute émûe l'embrasser d'un air si vif & si empressé, qu'elle fondit en pleurs dans mes bras, sans pouvoir prononcer un mot dans l'attendrissement où elle étoit.

Enfin, quand ses premiers mouvemens, mêlez sans doute pour elle d'autant d'humiliation que de confiance, furent passez: Je m'étois condamnée à ne vous plus revoir, me dit-elle, & jamais rien ne m'a tant coûté que cela; c'est ce qu'il y a eu de plus dur pour moi dans l'état où vous me trouvez.

Je redoublai de caresses là-dessus: Vous n'y songez pas, lui dis-je en lui prenant une main pendant qu'elle donnoit l'autre à Madame Darcire, vous n'y songez pas, vous ne nous avez donc crues ni sensibles ni raisonnables? Eh! Madame, à qui n'arrive-t-il pas des chagrins dans la vie? Pensez-vous que nous nous soyons trompées sur les égards

gards & ſur la conſidération qu'on vous doit ? & dans quelque état que vous ſoyez, une femme comme vous peut-elle jamais ceſſer d'être reſpectable ?

Madame Darcire lui tint à peu près les mêmes diſcours ; & effectivement il n'y en avoit point d'autres à lui tenir : il ne falloit que jetter les yeux ſur elle pour voir qu'elle étoit hors de ſa place.

La femme de chambre avoit les larmes aux yeux, & étoit à quelques pas de nous qui ſe taiſoit. Vous avez grand tort, lui dis-je, de ne nous avoir pas averties dès la première fois que vous nous vîtes. Je n'aurois pas mieux demandé, nous dit-elle ; mais je n'ai pu me diſpenſer de ſuivre les ordres de Madame. J'ai été dix-ſept ans à ſon ſervice, c'eſt-elle qui m'a miſe chez Madame de Viry, je la regarde toujours comme ma Maîtreſſe ; & jamais elle n'a voulu me donner la permiſſion de vous inſtruire quand vous viendriez.

Ne la querellez point, reprit la Malade, je n'oublierai jamais les témoignages de ſon bon cœur. Croiriez-vous qu'elle m'apporta ces jours paſſez tout ce qu'elle avoit d'argent, tandis que cinq ou ſix perſonnes de la première diſ-

diſtinction à qui je me ſuis adreſſée, & avec qui j'ai vécu comme avec mes meilleurs amis, n'ont pas eu le courage de me prêter une ſomme médiocre qui m'auroit épargné les extrémitez où je me ſuis vûe, & ſe ſont contentées de ſe défaire de moi avec de fades & honteuſes politeſſes? Il eſt vrai que je n'ai pas pris l'argent de cette fille; heureuſement le vôtre étoit venu alors: votre Hôteſſe même m'avoit déja tirée du plus fort de mes embaras, & je m'acquiterai de tout cela dans quelques jours; mais ma reconnoiſſance ſera toujours éternelle.

A peine achevoit-elle ce peu de mots, qu'un laquais vint dire à Madame Darcire, qu'il venoit de mener ſon Procureur à la porte de cette Auberge, & qu'il l'y attendoit pour lui rendre une réponſe preſſée. Je ſais ce que c'eſt, répondit-elle, il n'a qu'un mot à me dire, & je vais lui parler dans mon caroſſe; après quoi je reviens ſur le champ. Madame, ajouta-t-elle en s'adreſſant à l'Inconnuë, ne penſez plus à ce qui vous eſt arrivé depuis que vous êtes ici; tranquilliſez-vous ſur votre état préſent, & voyez en quoi nous pouvons vous être utiles pour le reſte

de

de vos affaires: votre ſituation doit intéreſſer tous les honnêtes-gens ; & en vérité on eſt trop heureux d'avoir occaſion de ſervir les perſonnes qui vous reſſemblent.

L'Inconnuë ne la remercia que par des larmes de tendreſſe, & qu'en lui ſerrant la main dans les ſiennes. Il faut avouer, me dit-elle enſuite, que j'ai bien du bonheur dans mes peines, quand je ſonge par qui je ſuis ſecourue ; que ce n'eſt, ni par mes amis, ni par aucun de ceux avec qui j'ai paſſé une partie de ma vie, ni par mes enfans mêmes ; car j'en ai, Mademoiſelle, toute la France le ſait. & tout cela me fuit & m'abandonne. J'aurois ſans doute indignement péri au milieu de tant de reſſources ſans vous, Mademoiſelle, à qui je ſuis inconnue, ſans vous qui ne me devez rien & qui avec la ſenſibilité la plus prévenante, avec toutes les graces imaginables, me tenez lieu, tout à la fois, d'amis, d'alliez & d'enfans ; ſans votre amie que je rencontre avec vous dans cette voiture ; ſans cette pauvre fille qui m'a ſervie (ſouffrez que je la compte, ſon zéle & ſes ſentimens la rendent digne de l'honneur que je lui fais) ; enfin

ſans

ſans votre Hôteſſe qui ne m'a jamais connue, & qui n'a paſſé ſon chemin que pour venir s'attendrir ſur moi. Voilà les perſonnes à qui j'ai obligation de ne pas mourir dans les derniers beſoins, & dans l'obſcurité la plus étonnante pour une femme comme moi. Qu'eſt ce que c'eſt que la vie, & que le monde eſt miſérable!

Eh mon Dieu! Madame, lui répondis-je auſſi touchée qu'il eſt poſſible de l'être, commencez donc, comme vous en a tant prié Madame Darcire, commencez par perdre de vûë tous ces objets-là: je vous le répéte auſſi-bien qu'elle, donnez-nous le plaiſir de vous voir tranquille, conſolez-nous nous-mêmes du chagrin que vous nous faites.

Eh bien, voilà qui eſt fini, me dit-elle; vous avez raiſon, il n'y a ni adverſité ni triſteſſe que tant de bonté de cœur ne doive aſſurément faire ceſſer. Parlons de vous, Mademoiſelle; où eſt cette mere que vous êtes venue retrouver, & qu'il y a ſi long-tems que vous n'avez vûe? Dites-m'en des nouvelles, eſt-ce que vous n'êtes pas encore avec elle? eſt-ce qu'elle eſt abſente? Ah! Mademoiſelle, qu'elle doit vous aimer, qu'elle doit s'eſtimer heureuſe d'avoir une fille comme vous! Le Ciel m'en a donné une auſſi ; mais ce n'eſt pas d'elle dont j'ai à me plaindre, il s'en faut bien. Elle ne prononça ces derniers mots qu'avec un extrême ſerrement de cœur.

Hélas ! Madame, lui répondis-je en ſoupirant auſſi, vous parlez de la tendreſſe de ma mere. Si je vous diſois que je n'oſe pas me flater qu'elle m'aime, & que ce ſera bien aſſez pour moi ſi elle n'eſt pas fâchée de me voir, quoiqu'il y ait près de vingt ans qu'elle m'ait perdu de vûë. Mais il ne s'agit pas de moi ici ; nous nous entretiendrons de ce qui me regarde une autre fois. Revenons à vous, je vous prie. Vous ? êtes ſans doute mal ſervie Vous avez beſoin d'une garde ; & je dirai à l'Aubergîte en deſcendant, de vous en chercher une dès aujourd'hui.

Je crus qu'elle alloit répondre à ce que je lui diſois ; mais je fus bien étonnée de la voir tout-à-coup verſer une abondance de larmes ; & puis revenant à ce nombre d'années que j'avois paſſées éloignée de ma mere :

Depuis vingt ans qu'elle vous a perdue de vûë ! s'écria-t-elle d'un air penſif & pénétré, je ne ſaurois entendre cela

cela qu'avec douleur. Juſte Ciel ! que votre mere a de reproches à ſe faire auſſi-bien que moi ! Eh dites-moi, Mademoiſelle, ajouta-t-elle ſans me laiſſer le tems de la réflexion, pourquoi vous a-t-elle ſi fort négligée ? Dites-m'en la raiſon, je vous prie ?

C'eſt, lui répondis-je, que je n'avois tout au plus que deux ans quand elle ſe remaria, & que trois ſemaines après, ſon mari l'emmena à Paris, où elle accoucha d'un fils qui m'aura ſans doute effacée de ſon cœur, ou du moins de ſon ſouvenir. Et depuis qu'elle eſt partie, je n'ai eu perſonne auprès d'elle qui lui ait parlé de moi, je n'ai reçu en ma vie que trois ou quatre de ſes lettres, & il n'y a pas plus de quatre mois que j'étois chez une tante qui eſt morte, qui m'avoit reçue chez elle, & avec qui j'ai paſſé ſix ou ſept ans ſans avoir eu des nouvelles de ma mere, à qui j'ai pluſieurs fois écrit inutilement, que j'ai été chercher ici à la dernière adreſſe que j'avois d'elle, mais qui depuis près de deux ans qu'elle eſt veuve de ſon ſecond mari, ne demeure plus dans l'endroit où je croyois la voir, qui ne loge pas même chez ſon fils qui eſt marié, qui eſt actuellement en campagne avec la Marquiſe ſa femme, & dont les gens mêmes n'ont pu m'enſeigner où eſt ma mere, quoiqu'elle y ait paru il y a quelques jours, de-ſorte que je ne ſais pas où la trouver, quelques recherches que j'aie faites, & que je faſſe encore; & ce qui acheve de m'allarmer, ce qui me jette dans des inquiétudes mortelles, c'eſt que j'ai lieu de ſoupçonner qu'elle eſt dans une ſituation difficile, c'eſt que j'entens dire que ce fils qu'elle a tant chéri, à qui elle avoit donné tout ſon cœur, n'eſt pas trop digne de ſa tendreſſe, & n'en agit pas trop bien avec elle; il eſt du moins ſûr qu'elle ſe cache, qu'elle ſe dérobe aux yeux de tout le monde, que perſonne ne ſait le lieu de ſa retraite, & ma mere ne devroit pas être ignorée; cela ne peut m'anoncer qu'une femme dans l'embaras, qui a peut-être de la peine à vivre, & qui ne veut pas avoir l'affront d'être vûe dans l'état obſcur où elle eſt.

Je ne pus m'empêcher de pleurer en finiſſant ce diſcours; au lieu que mon Inconnuë qui pleuroit auparavant, & qui avoit toujours eu les yeux fixez ſur moi pendant que je parlois, avoit paru ſuſ-

ſuſpendre ſes larmes pour m'écouter plus attentivement : ſes regards avoient eu quelque choſe d'inquiet & d'égaré ; elle n'avoit, ce me ſemble, reſpiré qu'avec agitation.

Quand j'eus ceſſé de parler, elle continua d'être comme je le dis-là, elle ne me répondoit point, elle ſe taiſoit interdite. L'air de ſon viſage étonné me frappa ; j'en fus émûe moi-même, il me communiqua le trouble que j'y voyois peint, & nous nous conſidérâmes aſſez long-tems dans un ſilence dont la raiſon me remuoit d'avance, ſans que je la ſuſſe, lorſqu'elle le rompit d'une voix mal aſſurée pour me faire encore une queſtion.

Mademoiſelle, je crois que votre mere ne m'eſt pas inconnue, me dit-elle. En quel endroit, s'il vous plaît, demeure ce fils chez qui vous avez été la chercher ? A la Place Royale, lui répondis-je alors d'un ton plus altéré que le ſien. Et ſon nom ? reprit-elle vîte comme épuiſée de reſpiration. Monſieur le Marquis de. . . . , repartis-je toute tremblante. Ah ! ma chere Tervire ! s'écria-t-elle en ſe laiſſant aller entre mes bras. A cette exclamation qui m'apprit ſur le champ qu'elqu'elle étoit ma mere, je fis un cri qui épouvanta Madame Darcire, que ſon Procureur venoit de quitter, & qui montoit en cet inſtant l'eſcalier pour revenir nous joindre.

Incertaine de ce que mon cri ſignifioit dans une Auberge de cette eſpéce, qui ne pouvoit guéres être que l'aſyle, ou de gens de peu de choſe, ou du moins d'une très-mince fortune, elle cria à ſon tour pour faire venir du monde, & pour avoir du ſecours, s'il en falloit.

Et en effet au bruit qu'elle fit, l'Hôte & ſa fille, tous deux effrayez, montérent avec le laquais de cette Dame, & lui demandérent de quoi il étoit queſtion. Je n'en ſais rien, leur dit-elle; mais ſuivez-moi, je viens d'entendre un grand cri qui eſt parti de la chambre de cette Dame malade, chez qui j'ai laiſſé la jeune perſonne que j'y ai menée, & je ſuis bien-aiſe, à tout hazard, que vous veniez avec moi De façon qu'ils l'accompagnérent, & qu'ils entrérent enſemble dans cette chambre, où j'avois perdu la force de parler, où j'étois foible, pâle & comme dans un état de ſtupidité, enfin où je pleurois de joye, de ſurpriſe & de douleur.

Ma

Ma mere étoit évanouïe, ou du moins n'avoit encore donné aucun signe de connoissance depuis que je la tenois dans mes bras; & la femme de chambre, à qui je n'aidois point, n'oublioit rien de ce qui pouvoit la faire revenir à elle.

Que se passe-t-il donc ici? me dit Madame Darcire en entrant. Qu'avez-vous, Mademoiselle? Pour toute réponse, elle n'eut d'abord que mes soupirs & mes larmes; & puis levant la main, je lui montrai ma mere, comme si ce geste avoit dû la mettre au fait. Qu'est-ce que c'est? ajouta-t-elle. Est-ce qu'elle se meurt? Non, Madame, lui dit alors la femme de chambre; mais elle vient de reconnoître sa fille, & elle s'est trouvée mal. Oui, lui dis-je alors en m'efforçant de parler, c'est ma mere.

Votre mere! s'écria-t-elle encore en approchant pour la secourir. Quoi! la Marquise de . . . ? Quelle avanture!

Une Marquise! dit à son tour l'Aubergîte qui joignoit les mains d'étonnement. Ah mon Dieu! cette chere Dame! Que ne m'a-t-elle appris sa qualité, je me serois bien gardé de lui causer la moindre peine.

Cependant à force de ſoins, ma mere inſenſiblement ouvrit les yeux, & reprit ſes eſprits. Je paſſe le recit de mes careſſes & des ſiennes. Les circonſtances attendriſſantes où je la retrouvois, la nouveauté de notre connoiſſance & du plaiſir que j'avois à la voir, & à l'appeller ma mere, le long oubli même où elle m'avoit laiſſée, les torts qu'elle avoit avec moi, & cette eſpéce de vengeance que je prenois de ſon cœur par les tendreſſes du mien; tout contribuoit à me la rendre plus chere qu'elle ne me l'auroit peut-être jamais été, ſi j'avois toujours vécu avec elle. Ah Tervire! ah ma fille! me diſoit-elle, que tes tranſports me rendent coupable!

Cependant cette joye que nous avions, elle & moi, de nous revoir enſemble, nous la payâmes toutes deux bien chere. Soit que la force des mouvemens qu'elle avoit éprouvez, euſſent fait une trop grande révolution en elle; ſoit que ſa fiévre & ſes chagrins l'euſſent déja trop affoiblie; on s'apperçut quelques jours après d'une paralyſie qui lui tenoit tout le côté droit, qui gagna bien-tôt l'autre côté, & qui lui reſta juſqu'à la fin de ſa vie.

Je

Je parlai ce jour-là même de la transporter dans notre Hôtel ; mais sa fiévre qui avoit augmentée, jointe à son extrême foiblesse, ne le permit pas, & un Médecin que j'envoyai chercher, nous en empêcha.

Je n'y vis point d'autre équivalent que de loger avec elle, & de ne la point quitter, & je priai la femme de chambre, qui étoit encore avec nous, d'appeller l'Aubergîte pour lui demander une chambre à côté de la sienne. Mais ma mere m'assura qu'il n'y en avoit point chez lui qui ne fût occupée. Je me ferai donc mettre un lit dans la vôtre ? lui dis-je. Non, me répondit-elle, cela n'est pas possible, & c'est à quoi il ne faut pas songer : celle-ci est trop petite comme vous voyez, gardez-moi votre santé, ma fille, vous reposeriez mal ici ; ce seroit une inquiétude de plus pour moi, & je n'en serois peut-être que plus malade. Vous demeurez ici près, j'aurai la consolation de vous voir autant que vous le voudrez ; & une garde me suffira.

J'insistai vivement, je ne pouvois consentir à la laisser dans ce triste & misérable gîte ; mais elle ne voulut pas m'écouter. Madame Darcire entra dans ſon ſentiment, & il fut arrêté, malgré moi, que je me contenterois de venir chez elle, en attendant qu'on pût la tranſporter ailleurs. Auſſi, dès que j'étois levée, je me rendois dans ſa chambre, & n'en ſortois que le ſoir: j'y dînois même le plus ſouvent, & fort mal; mais je la voyois, & j'étois contente.

Sa paralyſie m'auroit extrêmement affligée, ſi on ne nous avoit pas fait eſpérer qu'elle en guériroit; cependant on ſe trompa.

Le lendemain de notre reconnoiſſance, elle me conta ſon hiſtoire.

Il n'y avoit pas en effet plus de dix-huit ou dix-neuf mois que le Marquis ſon mari étoit mort accablé d'infirmitez. Elle avoit été fort heureuſe avec lui, & leur union n'avoit pas été altérée un inſtant pendant près de vingt ans qu'ils avoient vécu enſemble.

Ce fils qu'il avoit eu d'elle, cet objet de tant d'amour, qui étoit bien fait, mais dont elle avoit négligé de régler le cœur & l'eſprit, & que par un excès de foibleſſe & de complaiſance elle avoit laiſſé s'imbiber de tout ce que les préjugez de l'orgueil & de la vanité ont de de plus ſot & de plus mépriſable ; ce fils enfin qui étoit un des plus grands partis qu'il y eût en France, avoit à peu près dix-huit ans, quand le pere qui étoit extrêmement riche, & qui ſouhaitoit le voir marié avant que de mourir, propoſa à la Marquiſe, ſans l'avis de laquelle il ne faiſoit rien, de parler à M. le Duc de ..... pour ſa fille.

La Marquiſe qui, comme je viens de vous le dire, adoroit ce fils, & ne reſpiroit que pour lui, approuva non ſeulement ſon deſſein, mais le preſſa de l'exécuter.

Le Duc de ..... qui n'auroit pu choiſir un gendre plus convenable de toutes façons, accepta avec joye la propoſition, arrangea tout avec lui ; & quinze jours après nos jeunes-gens s'épouſérent.

A peine furent-ils mariez, que le Marquis (je parle du pere) tomba ſérieuſement malade, & ne vécut plus que ſix ou ſept ſemaines. Tout le bien venoit de lui, vous ſavez que ma mere n'en avoit point, & que lorſqu'il l'avoit épouſé, elle ne vivoit que ſur la légitime de mon pere, dont je vous ai déja dit la valeur, & ſur quelques mor-

ceaux

ceaux de terre qu'elle lui avoit apportez en mariage, & qui n'étoient presque rien.

Il est vrai que le Marquis lui avoit reconnu une dot assez considérable, & de laquelle elle auroit pu vivre fort convenablement, si elle n'avoit rien changé à son état; mais sa tendresse pour le jeune Marquis l'aveugla, & peut-être falloit-il aussi qu'elle fût punie du coupable oubli de tous ses devoirs envers sa fille.

Elle eut donc l'imprudence de renoncer à tous ses droits en faveur de son fils, & de se contenter d'une pension assez modique qu'il étoit convenu de lui faire, de laquelle elle se borna d'autant plus volontiers, qu'il s'engageoit à la prendre chez lui, & à la défrayer de tout.

Elle se retira donc chez ce fils deux jours après la mort de son mari; on l'y reçut d'abord avec politesse. Le premier mois s'y passe sans qu'elle ait à se plaindre des façons qu'on a pour elle, mais aussi sans qu'elle ait à s'en louer: c'étoit de ces procédez froids, quoiqu'honnêtes, dont le cœur ne sauroit être content, mais dont on ne pourroit, ni faire sentir, ni expliquer le défaut aux autres.

Après

Après ce premier mois, ſon fils inſenſiblement la négligea plus qu'à l'ordinaire. Sa belle-fille qui étoit naturellement fière & dédaigneuſe, qui avoit vû par hazard quelques Nobles du pays, venir en aſſez mauvais ordre rendre viſite à ſa belle-mere, qui la croyoit elle-même fort au-deſſous de l'honneur que feu le Marquis lui avoit fait de l'épouſer, redoubla de froideur pour elle, ſupprima de jour en jour de certains égards juſqu'alors, & ſe relâcha ſi fort ſur les attentions, qu'elle en devint choquante.

Auſſi ma mere, qui de ſon côté avoit de la hauteur, en fut-elle extrêmement offenſée, & lui en marqua un jour ſon reſſentiment.

Je vous diſpenſe, lui dit-elle, du reſpect que vous me devez comme à votre belle-mere, manquez-y tant qu'il vous plaira, c'eſt plus votre affaire que la mienne, & je laiſſe au public à me venger là-deſſus; mais je ne ſouffrirai point que vous me traitiez avec moins de politeſſe que vous n'oſeriez même en avoir avec votre égale. Moi? vous manquer de politeſſe, Madame! lui répondit ſa belle-fille en ſe retirant dans ſon cabinet; mais vraiment le reproche eſt

est considérable, & je serois très-fâchée de le mériter. Quant au respect qu'on vous doit, j'espére que ce public dont vous menacez, n'y sera pas si difficile que vous.

Ma mere sortit outrée de cette réponse ironique, s'en plaignit quelques heures après à son fils, & n'eut pas lieu d'en être plus contente que de sa belle-fille. Il ne fit que rire de la querelle, qui n'étoit, disoit-il, qu'un débat de femmes, qu'elles oublieroient le lendemain l'une & l'autre, & dont il ne devoit pas se mêler.

Les dédains de la jeune Marquise pour sa mere, ne lui étoient pas nouveaux; il savoit déja le peu de cas qu'elle faisoit d'elle, & la différence qu'elle mettoit entre la petite Noblesse de campagne de cette mere, & la haute naissance de feu le Marquis son pere: il l'avoit plus d'une fois entendu badiner là-dessus, & n'en avoit point été scandalisé. Ridiculement satisfait de la justice que cette jeune femme rendoit au sang de son pere, il abandonnoit volontiers celui de sa mere à ses plaisanteries: peut-être le dédaignoit-il lui-même, & ne le trouvoit-il pas digne de lui. Sait-on les folies & les

les impertinences qui peuvent entrer dans la tête d'un jeune étourdi de grande condition, qui n'a jamais pensé que de travers? Y a-t-il de miséres d'esprit dont il n'étoit capable!

Enfin ma mere, que personne ne défendoit, qui n'avoit ni parens qui prissent son parti, ni amis qui s'intéressassent à elle; car des amis courageux & zélez en a-t-on quand on n'a plus rien, qu'on ne fait plus de figure dans le monde, & toute la considération qu'on y peut espérer, est, pour ainsi dire, à la merci du bon ou du mauvais cœur de gens à qui l'on a tout donné, & dont la reconnoissance ou l'ingratitude sont desormais les arbitres de votre sort?

Enfin ma mere, dis-je, abandonnée de son fils, dédaignée de sa belle-fille, comptée pour rien dans la maison où elle étoit devenue comme un objet de risée, où elle essuyoit en toute occasion l'insolente indifférence des valets mêmes pour tout ce qui la regardoit, sortit un matin de chez son fils, & se retira dans un très-petit appartement qu'elle avoit fait louer par cette femme de chambre dont je viens de vous parler tout-à-l'heure, qui ne voulut point la quitter, & pour qui dans l'ac-

com-

commodement qu'elle avoit fait avec ſon fils, elle avoit auſſi retenu cent écus de penſion, dont elle a été près de huit ans ſans recevoir un ſol.

Ma mere en partant laiſſa une lettre pour le jeune Marquis, où elle l'inſtruiſoit des raiſons de ſa retraite, c'eſt-à-dire, de toutes les indignitez qui l'y forçoient, & lui demandoit en même tems deux quartiers de ſa propre penſion, dont il ne lui avoit encore rien donné, & dont la moitié lui devenoit abſolument néceſſaire pour l'achat d'une infinité de petites choſes dont elle ne pouvoit ſe paſſer dans cette maiſon où elle alloit vivre, ou plutôt languir. Elle le prioit auſſi de lui envoyer le reſte des meubles qu'elle s'étoit réſervez en entrant chez lui, & qu'elle n'avoit pu faire tranſporter en entier le jour de ſa ſortie.

Son fils ne reçut la lettre que le ſoir à ſon retour d'une partie de chaſſe; du moins l'aſſura-t-il ainſi à ſa mere qu'il vint voir le lendemain, & à qui il dit que la Marquiſe ſeroit venue avec lui ſi elle n'avoit pas été indiſpoſée.

Il voulut l'engager à retourner: il ne voyoit, diſoit-il, dans ſa ſortie que l'effet d'une mauvaiſe humeur qui n'avoit

voit point de fondement ; il n'étoit question dans tout ce qu'elle lui avoit écrit, que de pures bagatelles qui ne méritoient pas d'attention ; vouloit-elle paſſer pour la femme du monde la plus emportée, & avec qui il étoit impoſſible de vivre ; & mille autres diſcours qu'il lui tint, & qui n'étoient pas propres à perſuader.

Auſſi ne les écouta-t-elle pas, & les combattit-elle avec une force dont il ne put ſe tirer qu'en traitant tout ce qu'elle lui diſoit d'illuſions, & qu'en feignant de ne la pas entendre.

Le réſultat de ſa viſite, après avoir bien levé les épaules & joint cent fois les mains d'étonnement, fut de lui promettre, en ſortant, d'envoyer l'argent qu'elle demandoit, avec tous les meubles qu'il lui falloit, qui lui appartenoient, mais qu'on lui changea en partie, & auxquels on en ſubſtitua de plus médiocres & de moindre valeur, qui par-là ne furent preſque d'aucune reſſource pour elle, quand elle fut obligée de les vendre pour ſubvenir aux extrémitez preſſantes où elle ſe trouva dans la ſuite ; car cette penſion dont elle avoit prié qu'on lui avançât deux quartiers, & ſur laquelle elle ne reçut tout au plus que le tiers de la ſomme, continua toujours d'être ſi mal payée, qu'il fallut à la fin quitter ſon appartement, & paſſer ſucceſſivement de chambres en chambres garnies, ſuivant ſon plus ou moins d'exactitude à ſatisfaire les gens de qui elle les louoit.

Ce fut dans le tems de ces triſtes & fréquens changemens de lieux, qu'elle ſe défit de cette fidéle femme de chambre, que rien de tout cela n'avoit rebutée, qui ne ſe ſépara d'elle qu'à regret, & qu'elle plaça chez la Marquiſe de Viry.

Ce fut auſſi dans cette ſituation que la Veuve d'un Officier, à qui elle avoit autrefois rendu un ſervice important, offrit de l'emmener pour quelques mois à une petite Terre qu'elle avoit à vingt lieuës de Paris, & où elle alloit vivre.

Ma mere qui l'y ſuivit, y eut une maladie qui, malgré les ſecours de cette Veuve, plus généreuſe que riche, lui coûta preſque tout l'argent qu'elle y avoit apporté. De-ſorte qu'après deux mois & demi de ſéjour dans cette Terre, & ſe voyant un peu rétablie, elle prit le parti de revenir à Paris pour voir ſon fils, & pour tirer de lui plus de neuf

neuf mois de pension qu'il lui devoit, ou pour employer même contre lui les voyes de Justice, si la dureté de ce fils ingrat l'y forçoit.

La Terre de la Veuve n'étoit qu'à un demi-quart de lieuë de l'endroit où la voiture que nous avions prises, s'arrêtoit; ma mere l'y joignit comme vous l'avez vû, & nous y trouva, Madame Darcire & moi. Voilà de quelle façon nous nous rencontrâmes. Elle n'étoit point en état de faire de la dépense: elle avoit dessein de vivre à part, de se séparer de nous dans le repas; & pour éviter de nous donner le spectacle d'une femme de condition dans l'indigence, elle crut devoir changer de nom, & en prendre un qui m'empêcha de la reconnoître. Revenons à présent où nous en étions.

Huit jours après notre reconnoissance chez cet Aubergiste, nous jugeâmes qu'il étoit tems d'aller parler à son fils, & que sans doute il seroit de retour de sa campagne. Madame Darcire voulut encore m'y accompagner.

Nous nous y rendîmes donc avec une lettre de ma mere, qui lui apprenoit que j'étois sa sœur. Dans la supposition qu'il dîneroit chez lui, nous observâmes de n'y arriver qu'à une heure & demie, de peur de le manquer. Mais nous n'étions pas destinées à le trouver si-tôt; il n'y avoit encore que la Marquise qui fût de retour, & l'on n'attendoit le Marquis que le surlendemain.

N'importe, me dit Madame Darcire, demandez la Marquise; & c'étoit bien mon intention. Nous montâmes donc chez elle: on lui annonce Mademoiselle de Tervire avec une autre Dame; & pendant que nous lui entendons dire qu'elle ne sait qui nous sommes, nous entrons.

Il y avoit chez elle une assez nombreuse compagnie qui devoit apparemment y dîner. Elle s'avança vers moi qui m'approchois d'elle, & me regarda d'un air qui sembloit dire, que me veut-elle?

Quant à moi, à qui, ni le rang qu'elle tenoit à Paris & à la Cour, ni ses titres, ni le faste de sa maison, n'en imposoient, & qui ne voyoit tout simplement en elle que ma belle-sœur, qui m'étoit d'ailleurs fait annoncer sous le nom de Tervire, dont j'avois lieu de croire qu'elle avoit du moins entendu parler, puisque c'étoit celui de sa belle-mere; j'allai j'allai à elle d'une manière aſſez tranquille, mais polie, pour l'embraſſer.

Je vis le moment où elle douta ſi elle me laiſſeroit prendre cette liberté-là (je parle ſuivant la penſée qu'elle eut peut-être, & qui me parut ſignifier ce que je vous dis.) Cependant toute réflexion faite, elle n'oſa pas ſe refuſer à ma politeſſe, & le ſeul expédient qu'elle y ſut pour y répondre ſans conſéquence, fut de s'y prêter par un léger baiſſement de tête, qui avoit l'air forcé, & qu'elle accordoit nonchalamment à mes avances.

Je ſentis tout cela, & malgré mon peu d'uſage je démêlai à ſa contenance pareſſeuſe & hautaine toutes ces petites fiertez qu'elle avoit dans l'eſprit. Notre orgueil nous met ſi vîte au fait de celui des autres, & en général les fineſſes de l'orgueil ſont toujours ſi groſſières; & puis j'étois déja inſtruite du ſien, on m'avoit prévenu contre elle.

Joignez encore à cela une choſe qui n'eſt pas ſi indifférente en pareil cas; c'eſt que j'étois, à ce qu'on diſoit alors, d'une figure aſſez diſtinguée; je me tenois bien, & il n'y avoit perſonne qui, à ma façon de me préſenter, dût se faire une peine de m'avouer pour parente ou pour alliée.

Madame, lui dis-je, je juge par l'étonnement où vous êtes, qu'on vous a mal dit mon nom, qui ne sauroit vous être inconnu: je m'appelle Tervire.

Elle continuoit toujours de me regarder sans me répondre; je ne doutai pas que ce ne fût encore une hauteur de sa part. Et je suis la sœur de Mr. le Marquis, ajoutai-je tout de suite.

Je suis bien fâchée, Mademoiselle, qu'il ne soit pas ici, me repartit-elle en nous faisant asseoir; il n'y sera que dans deux jours.

On me l'a dit, Madame, repris-je; mais ma visite n'est pas pour lui seul, & je venois aussi pour avoir l'honneur de vous voir (Ce ne fut pas sans beaucoup de répugnance que je finis ma réponse pas ce compliment-là; mais il faut être honnête pour soi, quoique souvent ceux à qui l'on parle, ne méritent pas qu'on le soit pour eux). Et d'ailleurs ajoutai je, sans m'interrompre, il s'agit d'une affaire extrêmement pressée qui doit nous intéresser mon frere & moi, & vous aussi Madame, puisqu'elle regarde ma mere.

Ce n'est pas à moi, me dit elle en sou-

souriant, qu'elle a coutume de s'adresser pour ses affaires, & je crois qu'à cet égard-là, Mademoiselle, il vaut mieux attendre que M. le Marquis soit revenu, vous vous en expliquerez avec lui.

Son indifférence là-dessus me choqua. Je vis aux mines de tous ceux qui étoient présens, qu'on nous écoutoit avec quelque attention: je venois de me nommer; les airs froids de la jeune Marquise ne paroissoient pas me faire une grande impression; je lui parlois avec une aisance ferme qui commençoit à me donner de l'importance, & qui rendoit les assistans curieux de ce que deviendroit notre entretien; car voilà comme sont les hommes; de façon que pour punir la Marquise du peu de souci qu'elle prenoit de ma mere, je résolus sur le champ d'en venir à une discussion qu'elle vouloit éloigner, ou comme fatigante, ou comme étrangére à elle, & peut-être aussi comme honteuse.

Il est vrai que ceux que j'aurois pour témoins, étoient ses amis; mais je jugeois que leur attention curieuse & maligne les disposoit favorablement pour moi, & qu'elle alloit leur tenir lieu d'équité.

J'étois avec cela bien persuadée qu'ils ne savoient pas l'horrible situation de ma mere, & j'aurois pu les défier, ce me semble, de quelque caractére qu'ils fussent, raisonnables ou non, de n'en être pas scandalisez quand ils la sauroient.

Madame, lui dis-je donc, les affaires de ma mere sont bien simples & bien faciles à entendre ; tout se réduit à de l'argent qu'elle demande, & dont vous n'ignorez pas qu'elle ne sauroit se passer.

Je viens de vous dire, repartit-elle, que c'est à M. le Marquis qu'il faut parler, qu'il sera ici incessamment, & que ce n'est pas moi qui me méle de l'arrangement qu'ils ont là-dessus ensemble.

Mais, Madame, lui répondis-je en tournant aussi-bien qu'elle, tout cet arrangement ne consiste qu'à acquiter une pension qu'on a négligé de payer depuis près d'un an ; & vous pouvez, sans aucun inconvénient, vous méler des embaras d'une belle-mere qui vous a aimée jusqu'à vous donner tout ce qu'elle avoit.

J'ai ouï dire qu'elle tenoit elle-même tout ce qu'elle nous a donné, de feu M.

M. le Marquis, reprit-elle d'un ton presque moqueur; & je ne me crois pas obligée de remercier Madame votre mere de ce que son fils est l'héritier de son pere.

Prenez donc garde, Madame, que cette mere s'appelle aujourd'hui la vôtre, aussi-bien que la mienne, répondis-je, & que vous en parlez comme d'une étrangére, ou comme d'une personne à qui vous seriez fâchée d'appartenir ?

Qui vous dit que j'en suis fâchée, Mademoiselle? reprit-elle, & à quoi me serviroit-il de l'être ? En seroit-elle moins ma belle-mere, puisqu'enfin elle l'est devenue, & qu'il a plu à feu M. le Marquis de la donner pour mere à son fils ?

Faites-vous bien réflexion à l'étrange discours que vous tenez-là, Madame? lui dis-je en la regardant avec une espéce de pitié. Que signifie ce reproche que vous faites à feu M. le Marquis, de son mariage ? Car enfin, s'il ne lui avoit pas plû d'épouser ma mere, son fils apparemment n'auroit jamais été au monde, & ne seroit pas aujourd'hui votre mari. Est-ce que vous voudriez qu'il ne fût pas né ? On le croiroit; mais assurément ce n'eſt pas là ce que vous entendez : je ſuis perſuadée que mon frere vous eſt cher, & que vous êtes bien-aiſe qu'il vive. Mais ce que vous voulez dire, c'eſt que vous lui ſouhaiteriez une mere de meilleure Maiſon que la ſienne, n'eſt-il pas vrai ? Eh bien, Madame, s'il n'y a que cela qui vous chagrine, que votre fierté ſoit en repos là-deſſus. M. le Marquis étoit plus riche qu'elle, j'en conviens ; & de ce côté-là vous pouvez vous plaindre de lui tant qu'il vous plaira, je ne la défendrai pas. Quant au reſte, ſoyez convaincue que ſa naiſſance valoit la ſienne, qu'il ne ſe fit aucun tort en l'épouſant, & que toute la Province vous le dira. Je m'étonne que mon frere ne vous en ai pas inſtruit lui-même ; & Madame Darcire que vous voyez, avec qui je ſuis arrivée à Paris, & dont je ne doute pas que le nom n'y ſoit connu, voudra bien joindre ſon témoignage au mien. Ainſi, Madame, ajoutai-je ſans lui donner le tems de répondre, reconnoiſſez-la en toute ſureté pour votre belle-mere, vous ne riſquez rien : rendez-lui hardiment tous les devoirs de belle-fille que vous lui avez refuſez juſqu'ici : réparez l'injuſtice de vos dédains paſſez,

passez, qui ont dû déplaire à tous ceux qui les ont vû, qui vous ont sans doute gênée vous-même, qui auroient toujours été injustes quand ma mere auroit été mille fois moins que vous ne l'avez crue ; & reprenez pour elle des façons & des sentimens dignes de vous, de votre éducation, de votre bon cœur, & de tous les témoignages qu'elle vous a donnez des tendresses du sien, par la confiance avec laquelle elle s'est fiée à vous & à son fils de ce qu'elle deviendroit le reste de sa vie.

Vous feriez vraiment d'excellens sermons, dit-elle alors en se levant d'un air qu'elle tâchoit de rendre indifférent & distrait, & j'entendrois volontiers le reste du vôtre ; mais il n'y a qu'à le remettre, on vient nous dire qu'on a servi : dînez-vous avec nous, Mesdames ?

Non, Madame, je vous rends grace, répondis-je en me levant aussi avec quelque indignation ; & je n'ai plus que deux mots à ajouter à ce que vous appellez mon sermon. Ma mere qui ne s'est rien réservé, & que vous & son fils avez abandonnée aux plus affreuses extrémitez, qui a été forcée de vendre jusqu'aux meubles de rebus que vous lui aviez envoyez, & qui n'étoient point

point ceux qu'elle avoit gardez; enfin cette mere qui n'a cru, ni son fils, ni vous, Madame, capables de manquer de reconnoissance, qui moyennant une pension très médiocre dont on est convenu, a bien voulu renoncer à tous ses droits par la bonne opinion qu'elle avoit de son cœur & du vôtre; elle que vous aviez tous deux engagée à venir chez vous pour y être servie, aimée, respectée autant qu'elle le devoit être, qui n'y a cependant essuyé que des affronts, qui s'y est vûe rebutée, méprisée, insultée, & que par-là vous avez forcée d'en sortir pour aller vivre ailleurs d'une petite pension qu'on ne lui paye point, qu'elle n'avoit eu garde d'envisager comme une ressource, qui est cependant le seul bien qui lui reste, & dont la médiocrité même est une si grande preuve de sa confiance; cette belle-mere infortunée, si punie d'en avoir cru sa tendresse, & dont les intérêts vous importent si peu; je viens vous dire, Madame, que tout lui manquoit hier, qu'elle étoit dans les derniers besoins, qu'on l'a trouvée ne sachant, ni où se retirer, ni où aller vivre; qu'elle est actuellement malade, & logée dans une misérable Auberge

où

où elle occupe une chambre obſcure qu'elle ne pouvoit pas payer, & dont on alloit la mettre dehors à moitié mourante, ſans une femme de ce quartier-là, qui paſſoit, qui ne la connoiſſoit pas, & qui a eu pitié d'elle : je dis pitié à la lettre, ajoutai-je; car cela ne s'appelle pas autrement, & il n'y a plus moyen de ménager les termes. (Et effectivement vous ne sauriez croire tout l'effet que ce mot produiſit ſur ceux qui étoient préſens ; & ce mot qui les remua tant, peut-être auroit-il bleſſé leurs oreilles délicates, & leur auroit-il paru ignoble & de mauvais goût, ſi je n'avois pas compris, je ne ſais comment, que pour en ôter la baſſeſſe, & pour le rendre touchant, il falloit fortement appuyer deſſus, & paroître ſurmonter la peine & la confuſion qu'il me faiſoit à moi-même.)

Auſſi les vis-je tous lever les mains, & donner par différens geſtes, des marques de ſurpriſe & d'émotion.

Oui, Madame, repris-je, voilà quelle étoit la ſituation de votre belle-mere quand nous l'avons été voir. On alloit vendre, ou du moins retenir ſon linge & ſes habits, quand cette femme dont je je parle, a payé pour elle, ſans ſavoir qui elle étoit, par pure humanité & ſans prétendre lui faire un prêt.

Elle eſt encore dans cette Auberge, dont ſon état ne nous a pas permis de la tirer. Cette Auberge, Madame, eſt dans tel quartier, dans telle ruë & à telle enſeigne. Conſultez-vous là-deſſus, conſultez ces Meſſieurs qui ſont vos amis, je ne veux qu'eux pour juges entre vous la & Marquiſe votre belle-mere : voyez ſi vous avez encore le courage de dire que vous ne vous mêlez point de ſes affaires. Mon frere eſt abſent, voici une lettre que je lui portois de ſa part, & je vous la laiſſe. Adieu, Madame.

Une cloche qui appelloit alors mon amie la Religieuſe à ſes exercices, l'empêcha d'achever cette Hiſtoire, qui m'avoit heureuſement diſtraite de mes triſtes penſées, qui avoit duré plus longtems qu'elle n'avoit cru elle-même, & dont je vous enverrai inceſſamment la fin avec la continuation de mes propres Avantures.

Fin de l'onziéme Partie.

www.ingramcontent.com/pod-product-compliance
Ingram Content Group UK Ltd.
Pitfield, Milton Keynes, MK11 3LW, UK
UKHW021311190726
13839UKWH00007B/1031